너무 소설 같아요.

2025.3 장진영

김용호

김용호

장진영

위즈덤하우스

차례

1

거짓말엔 이제 지쳤다.

오랜만에 대학로에 갔다. 거리에 간판이
엄청나게 많아서 놀랐다. 거의 수천 개는 되어
보였고 불시에 쏟아질 것 같았다. 나는 고개를
휙휙 돌리고 관광객처럼 두리번거리면서
걸었다. 붉은 벽돌로 된 건물이 많았다.
알고 보니 마로니에 공원이었다. 비둘기도

많았고 사람도 많았다. 사람들은 주로
고등학생이었는데, 왜 이 시간에 이렇게 몽땅
나와 있는지 의아했다. 월요일 오후 2시였다.
가을이었고, 아, 수학여행을 온 모양이었다.

"아줌마!" 어떤 성인 남자가 외쳤다.
어찌나 고함이 우렁찼던지 수많은 고등학생과
나는 자리에 딱 멈춰서 그 남자를 보았다.
남자는 아랑곳하지 않았다. "아줌마!"
남자는 문 닫은 노점 앞 바닥에서 무얼
줍더니 "아줌마! 아줌마!" 하면서 혜화역
쪽으로 달리기 시작했다. 그가 찾아 헤매는
'아줌마'는 그의 외침을 듣지 못한 모양이었고
이쪽에서는 거의 보이지도 않았다. 그는
100미터 달리기를 하는 육상 선수처럼
전속력으로 뛰었다.

남자가 사라진 뒤 한 여자 고등학생이
말했다. "헐." 그러자 옆에 있던 여자애가

말했다. "나 같으면 쌔볐다."

아줌마에게 지갑을 찾아주려는 남자
그리고 고등학생들을 뒤로하고 나는
문화재단으로 향했다. 변호사와의 법률
상담이 있었다.

상담이 끝나고 집에 가는 버스를 탔다.
두 정거장 먼저 내려서 걸었다. 엄벌탄원서를
위한 자료를 만들려면 정신과에 가야 했는데
마침 동선에 있었기 때문이다. 그러나
이런저런 사유—예약 시간, 진료 시간
등등—로 병원엔 갈 수 없었고 그냥 걷는
거 좋아하는 사람이 되었다. 현대아파트
뒤로 좁고 기다란 숲길이 나 있었는데 잘
알려지지 않아 인적이 드물었다. 숲길 바로
옆이 강이었고 숲에서는 강이 보이지 않았다.
아파트에 사는 사람만 창밖으로 강을 내다볼

수 있었다. 뭐, 그리 중요한 것도 아니었다.
나무가 울창해서 해가 아무리 세도 숲길은
어두웠다. 거의 밤 같았다. '상담 다녀왔니?'
엄마에게서 문자가 왔다. 핸드폰 화면 불빛이
눈을 아프게 했다. '네. 집 가는 중.' 그렇게
보내자 곧바로 답문이 왔다. '들어가서
연락해.'

집에 가서도 나는 전화하지 않았고—손도
씻고 옷도 갈아입었다—엄마에게서 전화가
왔다. "뭐래?"

"아. 가능하고, 벌금형 정도 나올 거래요."

"고소할 거니?"

"생각해보고요." 가해자는 내가 데뷔했을
때 시상식에 왔었던 어떤 평론가였다. 기습
추행 이후 그가 보낸 사과 문자—친한 언니가
예전에 쓰던 핸드폰에서 당시 내가 공유했던
문자를 찾아주었다—등 증거는 충분했다.

해코지당할 거라는 이유로 엄마는 고소를 극구 말렸고, 법률 상담 먼저 받아본다는 내 말에 일단 알겠다고 물러난 터였다.

"그건 물어봤니?"

"뭐요?"

전화기 너머에서 약간 긴장하는 기색이 느껴졌다. "왜, 그것도 물어본댔잖아."

"김용호요?"

"그래." 엄마가 마지못해 답했다.

나는 변호사로부터 자문받은 내용을 엄마에게 전했다. 전화를 끊기 직전 엄마가 물었다. "술 안 마실 거지?"

"네."

전화를 끊은 뒤, 나는 냉동실에서 소주병을 꺼냈다.

지금은 헤어진 애인이 오래전 어느 날

물었다. "누구야?" 옷방에서 전화를 받고 내가
부엌으로 나왔을 때였다. 통화하는 모습을
누가 보는 게 싫어서 늘 그렇게 하곤 했다.
그가 "누군데 전화를 그렇게 어렵게 받아?"
하고 물었다. 나는 "엄마"라고 대답했다. 뭔가
외도 같은 걸 추궁당하는 느낌이었지만,
진짜로 엄마였기에 어쩔 수 없었다. 그는
고개를 갸웃했다. "엄마한테 그렇게 극존칭을
써? 핸드폰도 두 손으로 들고. 무슨 직장
상사인 줄."

    그제야 나는 내가 엄마를 어려워한다는
걸 알았다. 그도 그럴 것이 엄마와 한집에서
산 세월이 그리 길지 않았다. 엄마는 내가
고등학생 때 집을 나갔고 집에 손님처럼
드나들었다. 나를 어느 정도는 사랑했겠지만,
자식을 못 보는 걸 감수할 만큼 아빠를
더 싫어했기 때문이다. 아빠는 엄마에게

전화하라고 매일 밤 나에게 시켰다. 엄마가
아예 가출한 게 아니었고 가끔가다 들어올
때도 있었기에 아빠는 희망을 버릴 수가
없었다. 차라리 잠적했더라면, 하는 아쉬움이
드는 대목이다. 나는 집 전화기 앞에 무릎을
꿇고 앉아 엄마에게 전화를 걸었다. "안
받아요." 그러면 아빠는 말했다. "다시 해."
목소리는 뒤에서 들려왔다. 그다지 완고한
어투는 아니었다. 약간 두려워하는 기색마저
느껴졌다. 아빠는 엄마를 무서워했다! 그래서
내게 전화하라고 시킬 수밖에 없었다. 차마
스스로 전화할 용기는 없고 딱 자식에게 시킬
용기만 있었던 것 같다. 아빠는 엄마에게
구타당해서—단지 내 추측이었다—눈탱이가
밤탱이가 된 상태였고, 밤인데도 선글라스를
끼고 있었다. 아빠가 원하는 대로 나는
다시 한번 엄마에게 전화를 걸었다. 받지

않으리라는 걸 알면서도 끝없이 이어지는
신호음을 들었다. "다시." 나는 무릎
꿇은 자세로 신호음을 듣고, 또 들었다.
오빠는 기숙사에 살았고, 엄마는 본인의
주장대로라면 '친구 집'에 있었고, 나와 아빠는
둘이 냉랭한 집—아빠가 보일러를 자꾸
껐다—에서 긴긴밤 전화를 걸고, 걸게 했다.
그리고 나는 성인이 된 후 집을 떠났다.

　어쨌거나 내가 기억하기로 엄마가
너무 필요했을 때 엄마는 없었는데, 시간이
지나고 내가 서른이 넘었을 무렵부터 엄마는
갑자기 내 삶에 너무 많이 간섭했다. 있어야
할 때 없었고 없어야 할 때 있었다. 뭐가
더 나쁜가 하면, 그건 잘 모르겠다. 나는
인생 내내 외롭게 있다가 거의 아줌마가
되어서야 엄마의 변심에 의해 '마마걸'이
되었다. 다음 애인인가 다음다음 애인이,

아무튼 나중에 사귄 애인이 "지원 씨, 혹시 마마걸이에요?"라고 물었을 때 어찌나 놀랐는지—기뻤는지—모른다. 엄마의 존재는 중독적이었고 유해했다. 나는 엄마를 놓지 못했다.

그렇지만 이제 내 쪽에서 먼저 전화를 거는 일은 없었다.

김용호의 이름을 알려준 건 아빠였다.

어느 저녁 나는 술에 취해 아빠에게 전화를 걸었다. 아빠도 제법 취해 있었고—택시 일을 마친 뒤 한잔 걸쳤을 터였다—우리는 양쪽에서 웅얼웅얼 횡설수설 중언부언 대화했다. 그래서 말이 잘 통했다.

"그 사람 이름 알아요?"

"누구?"

나는 그에 대해 설명했다. 한 3~4년 전쯤

엄마가 사는 천안에 갔다가—정체불명의
'친구 집'이 아니라, 모두에게 공인된
엄마 집이었다—그가 친척이 아니라는
사실은 알게 된 상태였다. 기억하기로는
그때가 아마도 거의 처음으로 내가 그
얘기를 꺼낸 때였는데 예상대로—너무나
전형적인 방식으로—엄마는 내 마음을
갈기갈기 찢어놓았다……. 아무튼 나는
3~4년 몸져누웠고 이제야 다시 기운을 차려
아빠에게 전화를 건 것이었다. 아니, 무언가
다른 이유로 몸져누운 게 먼저였고 요양차
천안에 갔다가—엄마는 30킬로그램이 된
나를 살찌우려고 삼시 세끼 고칼로리 음식을
먹였다—심신미약을 핑계 삼아 엄마에게
말할 수 있었던 건지도 모르겠다. 순서는
확실치 않다. 내가 천안에서 그에 대해 새로이
안 사실은 그가 내 친척이 아니라는 것이었다.

그는 엄마의 '동네 오빠'였다. 같은 동네에서 나고 자란 사이랬는데, 그 동네는 내가 태어난 동네이기도 했다. 내가 그를 본 건 살면서 딱 두 번이었고, 그중 하루에는 아빠도 있었다. 그래서 그날을 위주로 설명했다.

"아." 아빠가 꼬부랑 발음으로 외쳤다. "김용호 씨?"

"김용호요?" 나는 그 이름을 가슴에 새겼다. 김용호. 그의 이름 주위로 맥박이 팔딱거렸다. 엄마가 김용호의 이름을 알았을 거면서도 3~4년 전 천안에서 내게 말을 안 했다는 걸, 아직 내가 알아차리기 전이었다.

"그래, 김용호."

"친척 아닌 거 맞아요? 엄마의 동네 오빠래요."

"친척 아니지. 어, 친척 아니야."

나는 아빠에게 김용호에 대해 이것저것

물어보았다. 아빠는 자신이 아는 만큼
대답했다. 당연했다. 아빠는 자기가 아는
만큼밖에는 알 수 없었다. 그건 나도
마찬가지였다.

　"근데 김용호 씨는 왜?" 아빠가 물었다.
주취자치고는 매우 날카로운 질문이었고 나는
그 명석함에 허를 찔린 기분이었지만 막상
따져보니 별것도 아니었다.

　김용호에 대해 내가(나만) 아는 부분을
얘기하자 아빠가 말했다. "아이고."

　그날 아빠와 통화를 끝내고—거의
새벽이었다—나는 엄마에게 문자를 보냈다.
'김용호 신고하려고요. 이번에도 말리면 저
죽을 거니까 그런 줄 아세요.'

　즉시 전화가 왔다. "그게 무슨 소리야."
엄마가 말했다. 천안에서 이후로 김용호 애긴

처음 꺼낸 것이었고 방심하고 있던 엄마 입장에서는 놀랄 만도 했다.

"이름이 김용호 맞나 보죠?" 내가 말했다. 왜인지는 모르겠지만 나는 배신감에 휩싸여 있었다.

"맞아." 엄마가 인정했다. "너 술 마셨니?"

"에." 나는 술 마셨다는 걸 티 내려고 발음을 좀 뭉갰다.

"잊을 수는 없는 거니?"

"네." 그건 불가능했다. 안 되는 걸 되게 할 수는 없었다. 그건 마치 '1초만 심장박동을 참아' 같은 종류의 주문이었다. 나라고 잊고 싶지 않아서 잊지 않는 게 아니었다.

"그냥 잊어버려. 너를 위해서."

엄마에게도 그런 기억이 있다고 했다. 절대 안 잊히는 기억. 어렸을 때 동네에 웬 미친 여자가 있었다고 했다. 개구멍으로 고개를 뺀 채 아이들을 지켜봤다고 했다.
여자와 눈이 마주치면 아이들은 소리를
빽 지르며 달아났다. "가끔 생각나. 그런데
어떡하겠니." 엄마가 잠시 침묵했다가 입을
뗐다. "매일 생각나?"

"네."

엄마는 다시금 설득과 회유를 시도했다.
예전에 천안에서 그랬던 것처럼. 그런데
그때와는 뭔가 다른 기분이었다. 엄마가
달라진 건 아니었다. 내가 달라진 것 같았다.
이를테면 이제 나는 아줌마 나이가 되었기
때문에 천하무적이었다. 이제 나는 수많은
인파가 내 알몸을 본다 해도 전혀 아무렇지
않았다. 이제 나는 엄마의 전화를 두 손으로
공손하게 받는 딸이 아니었다. "김용호 뿌랄
터뜨리고 싶어요." 내가 말했다. 진짜로
그렇게 말했다.

"뭐?"

"김용호 뿌랄 터뜨리고 싶어요."

"야……."

오랜만에 나온 화제였지만—이제 나는 20킬로그램 가까이 살이 쪘고 거의 정상 체중에 가까워졌다—바로 어제 대화한 것 같았다. 우리는 얼마간 허심탄회하게 이야기를 나누었다, 라기보다는 정보교환을 했다, 라기보다는 내가 일방적으로 정보를 습득했다. 그건 내가 아빠로부터 김용호의 이름을 알아내 마중물을 부은 덕이었다. 엄마는 김용호에 대한 정보를 조금 더 내놓았다. 김용호는 엄마가 꼬마였을 때 같은 동네에서 오가며 마주치기도 하고 놀기도 했던 그런 오빠였다. 애초에 친한 사이도 아니었고, 뭐 아무것도 아니었다. 김용호는 내가 얘기하기 전까지 엄마 인생에서 아무런 의미도 없는 존재였다. 그런 주제에…….

　화나는 것과는 무관히 졸려서 나는
하품을 했고 엄마도 내일 일—식당에서
설거지를 했다—을 나가야 했다. 마지막으로
우리는 나를 기습 추행했던 평론가의 처분에
대한 의견을 나누었다. 요즘엔 엄마와 거의
그 문제로만 통화하고 있었다. 혹은, 그
문제 때문에 통화가 늘었다. 설거지 일은
생계유지를 위해 시작한 부업이었고 엄마의
본업은 철학원 '보살님'이었다. 천안 보살님.
엄마는 자기 인생이 왜 이 모양 이 꼴인지
알고 싶어 어느 날 암자에 들어가 한 스승님과
함께 명리학을 공부했다. 그런 뒤 천안에
철학원을 차렸다. 듣자 하니 장사는 잘 안되는
모양이었다. 내가 거의 유일한 손님이었다.
나는 엄마를 엄마라기보다는, 인생의 중요한
일을 결정할 때 조언을 구하는 보살님쯤으로

여기는지도 몰랐다.

　어쨌거나 한바탕 진상 짓을 부렸더니
졸음이 쏟아졌다. 이제 개운하게 잠들 수 있을
것 같았다.

　"엄마도 그 새끼 찢어 죽이고 싶어."
전화를 끊으려는데 엄마가 또박또박 말했다.
김용호 얘기인 듯했다. "그래, 너 하고 싶은
대로 해. 엄마도 그 새끼 한번 찾아볼게."

　여기까지가 내가 혜화에 겸사겸사
변호사를 만나러 간 사연이다.

2

　한 며칠 기분이 무척 좋았다. 오래
앓아왔던 병이 씻은 듯이 나은 것 같았다.
김용호를 실제로 벌한 건 아니었지만, 단지

그래도 된다는 허락이 떨어진 것만으로도
나는 행복했다. 꼭 허락을 받아야 내가 행동할
건 아니었지만 그냥 그 말을 들었다는 사실
때문에, 혹은 엄마의 항복을 받아냈다는
사실 때문에 나는 날아갈 것 같았다. 심지어
김용호를 벌할 마음마저 사르르 녹아버린
듯했다(그래도 변호사와의 상담 날짜는 잡았다).

　가을인데도 날이 이상하리만치 더웠다.
거의 여름을 방불케 했고 사람들은 반팔 옷을
입고 다녔다. 아직 초록색인 나뭇잎도 있었다.
올여름이 무척 더웠던 데다 길기도 했던
터라, 추운 걸 싫어하는 나조차도 언제까지
여름이야, 이거 너무한 거 아니야, 하는
생각이 들었다. 그런데 어느 날 비가 왔고
바람도 무척 많이 불었다. 공기가 하루아침에
다르게 느껴졌다. 이제야말로 가을이 되려는
모양이었다. 작업실에 가려고 횡단보도를

건너는데—차로가 많아서 중간에 신호등을
한 번 더 기다려야 했다—바람이 한차례 크게
불었다. 대로변에 늘어선 플라타너스 잎이
거대한 토네이도를 이루며 솟구쳤다. 그러다
바람이 방향을 바꾸었고 노란 잎이 사방팔방
나부꼈다. 꼭 하늘에서 금색 폭죽을 터뜨린
것 같았다. 나는 핸드폰 카메라로 그 모습을
찍었다. 두 번째 신호등이 켜지길 기다리는
중이었다. 이내 파란불이 켜졌고, 길을
건너는데 내 얼굴보다 커다란 잎이 날아와 내
뺨을 후려쳤다. 나는 대로 한복판에 멈춰서
허리를 수그리고 웃다가 파란불이 깜빡거리는
걸 알아챈 후에야—신호가 짧았다—걸음을
재개했다. 말인즉, 나는 플라타너스 이파리로
싸대기를 얻어맞아도 기꺼이 웃을 수 있는
마음이었다.

술도 끊었다. 술에 취해 울고불고했던 지난날과 작별하기 위함이었다. 내가 왜 울어야 한단 말인가? 왜 내가, 울어야 한단 말인가? 나는 잘 살고 싶었다. 어쩌면 나는 슬프다기보다는 심심해서, 그저 시간을 죽이려고 슬퍼하는 것 같았다. 우울이 취미화될 조짐이 보였다. 좋지 않았다. 그리고 술은 우울을 부추김으로써 위험한 결정에 복무하는 경향이 있었다. 그냥 끊자, 싶어서 그냥 끊었다. 딱 사흘만 참으니까 그 뒤로는 괜찮았다. 술을 안 마시면 세상이 무너질 줄 알았는데 놀랍게도 아무런 일도 일어나지 않았다…….

기왕 이렇게 된 거 커피도 끊었다. 살면서 나를 매혹했던 여러 중독들 중 커피가 가장 끊기 힘들었는데, 안 먹다 보니 안 먹을 수 있었다. 작업실 근처 자주 가는 카페 직원이

"이제 커피 안 드세요?" 물었다. "네" 하고
대답하자—양심의 가책이나 불확실함이나
거리낌 같은 건 마음속에서 한 톨도 느껴지지
않았다—그가 말했다. "하긴, 그동안 너무
무리하셨죠." 아닌 게 아니라 나는 항상 샷을
네 개 추가한 커피를 마셨고, 카페에 가면
주문하지 않아도 알아서 텀블러에 걸쭉한
커피를 담아주던 터였다.

　이로써 담배, 술, 커피순으로 끊은
셈이었다(시작은 술, 커피, 담배순이었다).
몸무게 30킬로그램 시절, 요양차 천안에
내려갔을 때, 엄마가 사는 오피스텔 1층에
있는 GS25 편의점의 민트색 플라스틱 의자에
앉아 담배를 피웠던 기억이 났다. 그때 나는
해골바가지였고 엄마는 나를 이런저런
병원에 데리고 다녔다. 체중이 왜 자꾸 주는지
알아내기 어려워서였다. 어느 날 한 대학병원

주차장에서 엄마가 악다구니를 썼다. 내가 검사 자료가 든 CD를 챙기지 않아서 그런 것이었다. 엄마가 사는 오피스텔 근처 2차 병원에서 찍은 것으로, 내시경을 하기 위해 목구멍을 마취하고 관을 물고 누워 있을 때 의사가 갑자기 검사를 중단시키더니 흉부 엑스레이가 담긴 CD를 주며 다른 병원에 가보라고 한 터였다. "네가 지금 나이가 몇 살이야!" CD가 든 봉투를 찾으려고 글러브박스를 뒤지는 내 헛된 시늉에 엄마는 무너진 것 같았고 거의 울부짖었다. "부모 병원 데리고 다닐 나이에 이게 뭐 하는 짓이야!" 나는 고개를 숙이고 손가락을 꼼지락거리면서 엄마가 진정되기를 기다렸다. 검사는 새로 했다. 다행히 진료의뢰서는 있어서 그날 검사할 수 있었다. 앞선 병원에서 에이즈니 뭐니 하던 소리에 심란하던 차였건만 결국 병명은 폐렴으로 밝혀졌다.
나는 삼시 세끼 엄마가 해준 고칼로리
음식을 먹고, 먹고 자고 먹고 자고 하면서도
담배를 계속 피웠고, 엄마는 내가 5분에
한 번씩 밖에 나가도, 담배 냄새를 묻히고
들어와도 아무 말도 안 했다. 건드리면 내가
잘못될까 봐 그런 것이었다. 아마도 그때가
우리 관계가 달라졌던—보통의 모녀와
비슷하게—때였는데, 우리 사이에 무슨 일이
일어난 건지 정확히는 알 수 없다.

　폐렴에 걸려서도 못 끊었던 담배를
끊은 건 단지 추위 때문이었다. 어느 날
동동거리면서 담배를 피우는데—오른손으로
들고 피우다가 손이 곱으면 왼손으로 바꿔
들고 하는 식이었다—너무 추웠다. 그리고
담배를 계속 피워야 하는 게 너무 불편하고
번거롭다는 생각이 들었다. 이딴 막대기에

평생을 매여 있어야 한다니. 나는 사흘 동안
침대에만 누워 있었고—중독을 치료하는
가장 효과적인 방법이었다—딱 사흘 뒤
비흡연자로 다시 태어났다.

"네, 끊었어요." 나는 카페 직원에게
텀블러를 내밀며 새로운 주문을 했다. 우아한
차 생활이 나를 기다리고 있었다. "피치 우롱
차가운 걸로 주세요."

내가 끊을 수 없는 건 김용호였다.

혜화에서 변호사와의 상담이 끝날 때쯤,
그녀가 자료를 가방에 챙겨 넣으며 물었다.
"더 궁금하신 거 있나요?" 증거가 워낙
명확했기에 주어진 시간보다 상담이 빨리
끝난 터였다. 결론적으로, 나는 마음대로 할
수 있었다. 봐주거나, 말거나. 나는 자유였다.

욕망이었다. 그리고 환상이었다. 그래서 나는
"아, 이건 다른 건데요" 하고 김용호 애길
했다. 이내 변호사의 표정이 심각해졌다.
그녀가 이런저런 질문을 통해 사건의 정황을
파악했다. 나는 가감 없이 전부 이야기했다.
이제는 안 창피했다. 왜냐하면 이제 나는
아줌마였다. 길에서 지갑을 주운 한 선량한
남자가 "아줌마! 아줌마!" 하고 외칠 때
고개를 돌리는.

　　"안 될 거예요." 변호사가 유감스럽다는
듯 말했다. "공소시효가 지났어요."

　　그럴지도 모른다고 막연히 짐작은
했지만, 사실로 확인된 셈이었다. 그럴 줄
알고 있었다. 그럼에도 나는 꼼짝도 할 수
없었다. 변호사는 서류 가방에서 다시 태블릿
피시를 꺼내, 당시 내 나이와 법 개정 시점과
소급 여부 등을 알아보는 시늉을 했다.

"안타깝네요. 벌써 20년도 더 전이라……
시간이 너무 많이 흘렀어요."

하지만 증거가 있으면 가능할지도
모른다고, 그녀가 희망을 주었다. 그때 무언가
뇌리를 스쳤다. "있어요. 그 사람이 찍은
사진이 아마 집에 있을 거예요."

금강하구둑에서 김용호가 우리 가족의
사진을 찍어주었다. 엄마, 오빠, 나. 아빠는
있었는지 없었는지 헷갈렸다. 오빠의 생일에
맞춰 김용호가 놀러 온 날이자, 내가 그를
처음 본 날이었다. 나는 그가 먼 친척인 줄
알았다. 김용호의 딸내미 생일과 오빠의
생일이 비슷해서 둘의 생일 축하를 같이
했다. 김용호의 딸은 나보다 한 살인가 두
살 어렸다. 어쩌면 세 살. 아내는 없었는데
얼핏 듣기로 이혼했다는 것 같았다. 우리
가족, 그리고 김용호와 그의 딸이 함께

금강하구둑으로 놀러 갔다. 김용호는 가둬져 있는 강물을 배경으로 우리 가족을 나란히 세웠다. 꽤나 전문적인 필름 카메라의 셔터를 눌렀고, 사진이 남아 있는 걸 보니 인화까지 해준 모양이었다. 우리 가족의 첫 가족사진이었다. 그로부터 오랜 세월이 흐른 뒤, 천안에서 최초의 고백을 하고 엄마에게 희망을 걸 수 없으리라는 사실이 자명해진 뒤, 뿔뿔이 흩어져 살고 있던 우리 네 식구가 명절에 아빠 집에 드래곤볼처럼 모였다가 다시 헤어진 날에, 오빠 차를 얻어 타고 올라가던 때 운전석에 앉은 오빠에게 나는 용기 내어 물었다. "그 아저씨 기억나?" 김용호가 친척이 아니라는 걸 알게 된 후였기에 '아저씨'라고 했다. 오빠는 경찰이었다. 방법을—뭐가 됐든—알지도 몰랐다. "누구?" 당연히 오빠는 그렇게

되물었다. 나는 심호흡을 했다. "오빠 생일에
딸 데리고 놀러 왔던 아저씨. 금강하구둑에서
우리 사진도 찍어줬잖아. 서울에서 오신
거라 우리 집에서 하룻밤 자고 갔는데,
기억 안 나?" 오빠는 김용호를 기억하지
못했다. 명목상일지언정 자기 생일이라 온
거였는데도.

어찌 됐든 사진에 김용호는 없었지만,
그 사진을 찍은 건 김용호였다. 내 얘기를
듣던 변호사가 약간 웃음을 흘렸다. "그런 거
말고요. 이를테면……."

나는 침을 삼켰다.

그녀가 말했다. "DNA 같은 거."

희망은 순식간에 물거품이 되었고 나는
익숙한 안도감을 느꼈다. 우주 속에 혼자 남은
것처럼 막막한 기분이었다. 그래서—순전히
궁금해서—내가 물었다. "그럼 전

어떡하나요?"

"미안해요." 그녀가 말하고는 진짜로
가방을 챙겼다. "법률적으로는 방법이
없어요."

버스에서 두 정거장 먼저 내려 숲길을
걸었다. 엄마에게서 문자가 왔다. '들어가서
연락해.' 단주한 지 보름 만에, 실로 오랜만에,
동네 마트에서 담금주용 소주를 샀다. 가장
저렴하고 빨리 취하는 방법이었다. 집에
도착하자마자 냉동실에 넣었다. 차가워야
그나마 토하지 않고 먹을 수 있었다. 손도
씻고 옷도 갈아입었다. 그런 다음 전화가
왔다. 엄마였다.

"김용호요?"

"그래."

"안 된대요." 다른 손으로 전화기를 바꿔

들고 내가 말했다. "공소시효가 지났대요."

엄마는 안도하는 것 같았다. "그래, 어쩌겠니. 그냥 잊어버려."

"도대체 누구예요? 동네 오빠라는 사람이 왜 우리 집에 왔던 거죠?"

엄마는 자기가 아는 부분을 더 설명, 혹은 해명했다. 한 번에 얘기해주지. 김용호는 엄마의 친구가 아니라 외할머니의 친구의 아들이었다. 할머니들끼리 친해서 김용호와 엄마도 자주 마주치며 지냈다. 엄마와 김용호는 같은 초등학교에 다녔는데 어느 날 김용호가 전학을 갔고 그 뒤로 오랜 시간이 흘렀다. 훗날 서울에 자리 잡은 김용호가 고향의 자기 어머니를 뵈러 이따금 내려왔고, 우리 외할머니에게 인사를 드리러 찾아오기도 했다. 엄마와 아빠는 큰어머니의 중매로 결혼한 뒤 아빠의 직장이 있는 서울에서 신접살림을 차렸다. 거기서 오빠를 낳았다.
아직 세상에 나는 없고 오빠만 있던 시절,
엄마와 아빠 그리고 김용호와 아직 이혼하지
않은 그의 아내는 넷이 동향 사람으로서 가끔
서울에서 만났다. 한두 번 만났고, 연락은
뜨문뜨문 이어졌다. 엄마는 주로 외할머니를
통해 김용호의 소식을 전해 들었다.

아빠의 실직으로 우리 가족이 낙향하고
내가 태어난 다음, 그리고 내가 조금 자란
다음, 김용호가 딸을 데리고 내려왔다. 우리는
그렇게 만나게 되었다.

"그게 다야." 엄마가 결백을 주장했다.
"너희 외할머니한테만 인사드리고 그랬지,
나랑은 안 친했어."

외할머니, 하니까 김용호를 두 번째로
봤던 날이 떠올랐다. 명절이었나 함 들어오는
날이었나 그랬을 때였는데 외할머니 집

앞에 그가 서 있었다. 중학생이 된 나는 그를
보자마자 놀라 얼어붙었고 그다음 기억은
아무리 애를 써도 완전히 하얗기만 하다.
인화할 때 실수로 빛에 노출된 사진처럼.
그게 김용호를 본 마지막 기억이었다. 양심이
있다면—인간이라면—그도 나를 보고
놀랐을 것이다. 제발 그랬기를 바란다.

　"그러고는 언제부턴가 연락이 끊겼어.
그냥 잊어버리고 살았어."

　"전화번호 없어요?"

　"핸드폰 바꾸면서 연락 안 하는 번호는
정리했어."

　"할머니 핸드폰에 있지 않을까요?"

　"돌아가시고 다 태워버렸지." 엄마가
말했다. 그러고는 매우 합당한 의문을
제기했다. "그 사람 찾아서 뭐 하게?"

　그러게. 김용호를 찾아서 나는 뭘 하고

싶은 걸까? 사과를 받고 싶은 건 아니었다.
사과는 다만 '미안해'라는 음성 신호와 고개를
숙이는 신체의 움직임에 지나지 않았다. 그걸
받는다고 도대체 뭐가 달라질까? 김용호의
이름을 알아낸 날 엄마한테 선언했던 대로
뺨을 터뜨리려는 것도 아니었다. 나는 준법
시민이었다. 그럼에도…… 그럼에도 나는
김용호를 찾아야 했다. 그래야만 했다.

　　"할머니 집에 있지 않을까요?
번호 저장하는 방법 몰라서 장부에 다
적어놓으셨잖아요." 할머니는 노인정
인싸였고 시도 때도 없이 친구들과 통화했다.
전화를 걸 때마다 침 묻힌 손가락으로 장부를
한 장씩 넘기곤 했는데, 그 모습을 본 삼촌들
중 하나가 답답해서 몇몇 전화번호를 할머니
핸드폰에 저장해주었다. 가족들 번호도
마찬가지였다. 단축번호도 설정했는데,

1번은 나였다. 거의 매일 전화했기 때문이다. 외할머니는 첫 손주였던 오빠와 나를 가장 예뻐했다. 다른 사촌들이 질투할 정도로. 그도 그럴 것이 우리 남매가 어렸을 때 엄마 대신 할머니가 우리를 키웠다. 그때도 엄마는 어딜 나가 있었나 보다.

"집 팔면서 집에 있던 물건들도 다 태웠어." 엄마가 말했다. 어쩐지 의기양양한 어투였다.

불현듯 방명록이 떠올랐다. "할머니 장례식에 김용호 안 왔나요?"

"응."

개새끼. 그는 나 때문에, 혹은 내게 한 짓 때문에 망자를 기리지도 않은 것이었다. 필시 외할머니는 김용호가 어린아이였을 때 그를 극진히 돌보았을 것이다. 떡도 먹이고 목 막히지 말라고 물도 먹였을 것이다.

엄마와 통화를 끝내고, 충분히 술을 마신 다음 양치와 샤워를 했다. 샴푸 거품을 씻어 내리던 중에 예전 기억들이 떠올랐다. 돈이 없어서, 혹은 받지 못해서, 혹은 달라고 하기 뭐해서 스쿨버스를 못 타고 학교에 두 시간씩 걸어 다녔던 기억. 식권을 못 사서 급식을 못 먹었던 기억. 아무도 내게 먹을 걸 안 줬던 기억. 오빠는 기숙사 밥을 먹었고 엄마는 '친구 집'에서 잘 먹고 잘 살았을 테고 아빠는 거의 외식으로 끼니를 해결하는 모양이었는데 내게는 밥도, 밥을 살 돈도 없었다……. 굉장히 난감한 일이었다. 이제는 내 한 몸 내가 건사할 수 있었고 그건 참 다행이었지만, 그동안의 삶이 너무 고단했다는 생각이 들었다. 먹고사는 그 단순한 일이. 아무래도 기억은 탈락하고 갱신되는 게 아니라 누적되는 것 같았다. 나이가 들수록 나는 기억에 짓눌려가는 것 같았다. 겨우 아줌마일 뿐인데! 나중에 커서 할머니가 되면 내 뇌는 사방팔방으로 폭발할지도 몰랐다. 바람에 폭죽처럼 흩날리던 금빛 플라타너스 잎들처럼. 그러다 바람이 방향을 바꿔 기억이 내 싸대기를 후려칠지도 모를 일이었다. 그런데도 어제 일은 하나도 기억 안 나는 게 이상했다. 내일이 되면 오늘 일도 기억이 안 나기를 나는 간절히 바랐다.

뜨거운 물을 맞으며 한 시간가량 샤워했다. 욕실에서 나왔더니 악마가 내 식탁 앞에 앉아서 병아리콩 과자를 주워 먹고 있었다. 치우지 않은 주안상이 아직 식탁에 널브러져 있었다. 나는 몸의 물기를 대충 제거하고 잠옷을 입었다. 침대 옆 모래시계 모양 협탁을 끌어와 악마의 맞은편에 앉았다. 의자가 하나뿐인데 악마가 차지하고 있었기 때문이었다. 방이 절절 끓었는데 그건 내가 보일러를 30도로 설정한 탓이었다. 찜질방을 방불케 했다. 가을이었지만, 추운 거라면 지긋지긋했다. 지옥인 줄 알고 악마가 잘못 찾아왔는지도 몰랐다.

병아리콩을 까득까득 씹으며 악마가 어떤 제안을 했다. "기억을 하나 없애주겠다."

그 즉시 김용호의 이름이 떠올랐다. 왜 아니겠는가? 담금주용 소주 3분의 1병과 병아리콩이 널브러진 협상 테이블에 나는 양팔을 삼각형 모양으로 올리고 깍지 낀 손에 턱을 괴었다. "대가는요?"

"너의……." 악마의 눈동자가 아래로 떼룩 구르더니 한곳에 시선이 멎었다. "새끼손가락 한 마디."

그런 다음 식탁에서 병아리콩이 굴러와 내 이마에 떨어졌고, 눈을 떠보니 나는

모래시계 모양 협탁을 끌어안은 채 바닥에
누워 있었다. 아침이었다. 눈앞에 양손을
펼쳐서 손가락을 하나하나 세었다. 열 개
다 그대로 있었다. 간밤에 새끼손가락 한
마디와 김용호에 대한 기억을 맞바꾸지 않은
모양이었다. 천만다행이었다. 나는 상을
치우고 외출 준비를 했다. 편집자와 만나기로
한 날이었다.

    편집자 영언 씨와 역에서 만나 내
작업실 근처 카페로 갔다. 거의 서울의 끝과
끝이었는데 감사하게도 영언 씨가 합정에서
이리로 와주었다.
    "아이스 아메리카노에 샷 네 개 더
넣어주세요." 내가 주문하자 카페 직원이
"커피 끊었다고 하지 않으셨어요?" 하고
물었다. "그렇게 됐어요"라고만 말했는데

그가 알겠다는 듯이 고개를 끄덕였다.

부정맥이 있는 영언 씨는 내가 보름간 단주 및 디카페인을 하는 동안 파악해둔 이 카페의 차 데이터에 의해 루이보스 빌베리를 골랐다.

우리는 거대한 화분 옆에 자리를 잡고 앉아 간단히 안부를 나누었다. 요즘 읽는 책, 보는 넷플릭스 시리즈, 업계 근황, 노화와 건강관리, 키우는 고양이—똘이, 마니—이야기 등등. 출판사와 맺은 부당 계약과는 무관히 나는 영언 씨를 좋아했다. 출판사가 악질인 게 영언 씨의 잘못은 아니었다. 루이보스 빌베리의 맛을 극찬하던 영언 씨가 편집위원 바뀐 얘기를 했고, 새로 들어왔다는 편집위원에는 나를 기습 추행했던 그 평론가도 있었다. 나는 "그렇군요"라고만 대답했다.

책 작업이 거의 마무리되고 있었고, 이제

제목이랑 표지만 정하면 되었다. 딱히 뭘 더
할 건 없었다. 영언 씨는 그저 고생했다고,
마무리 잘하자고 격려차 온 것이었다. 내
책까지만 하고 영언 씨는 퇴사할 예정이라고
했다. "작가님만 알고 계세요." 영언 씨가
말했다. 나는 왜 퇴사하냐고 묻지 않았고 아까
카페 직원이 그랬던 것처럼 고개를 끄덕였다.

　"차기작은 계획하고 계세요?" 영언 씨가
물었다.

　"아뇨." 내가 말했다. 그리고 영언 씨가
왜냐고 묻지 않을 것 같아 이유를 덧붙였다.
"책은 딱 한 권만 갖고 싶어서요."

　"그래요?"

　"아마도 제 이름 옆에 책 제목이 같이
쓰일 거잖아요. 그 제목이 저를 전부
설명했으면 좋겠어요."

　"그래서 말인데……." 영언 씨가 카페

냅킨에다 볼펜으로 무언가를 적기 시작했다.

"진짜 이 셋 중에서 하나로 하실 거예요?"

정지원,《미친년》

정지원,《씨발년》

정지원,《썅년》

영언 씨에게 미안해서 나는 고개를
푹 수그렸다. 그리고 기어드는 목소리로
대답했다. "네." 아무래도 나 같은 건 죽어도
쌌다. 이 세상에 하등 도움이 안 되었다. 똥만
뿌리고 다녔다. 어쩌면 영언 씨가 나 때문에
퇴사하는지도 모른다는 생각이 들었다.

"책 내용이랑 아무런 관련이 없는데……"
영언 씨가 '미친년'에 동그라미를 치며 말했다.
압력이 높았는지 냅킨이 조금 찢어졌다.

"저도 그러고 싶어서 그러는 게 아니에요."

내가 다시금 양해를 구했다. "죄송해요."

그때 영언 씨의 핸드폰이 울렸다. 내가
괜찮다고, 받으라는 의미로 고개를 끄덕였다.
"네, 언니. 네. 네. 아, 잠깐 미팅 나왔어요."
영언 씨가 미안하다는 눈짓을 했고, 나는 눈을
동그랗게 뜨고 고개를 빠르게 끄덕였다. 편히
통화하라는 뜻이었다. "괜찮아요, 말씀하세요.
네. 네."

영언 씨와 '언니'라는 사람의 통화는 약
5분가량 이어졌다. 자리를 비켜줘야 하나
싶었지만 그러면 더 실례일 것 같아서 핸드폰을
보는 척했다. 딱히 핸드폰으로 할 것도 없어서
옆에 있는 화분—아마도 고무나무—의
잎맥을 셌다. 넓고 통통한 잎에 먼지가 쌓여
손가락으로 글자도 쓸 수 있었다. 나만 그렇게
느끼는지는 모르겠는데, 세상에서 가장
듣기 힘든 소리가 남이 통화하는 소리였다.

왜냐하면 한쪽의 정보 값뿐이라 끝없이 추측하게 되고, 그러면 쉽게 피로해지기 때문이다. 통화 내용에 관심을 끄려 해도 자꾸 빈 곳을 메우게 되었다. 추정컨대 '언니'라는 사람은 곤란한 상황에 빠져 있었고 영언 씨에게 도움을 요청하는 중이었다. 그리고 영언 씨에게도 딱히 뾰족한 방법이 없었다.

전화를 끊고 나서 영언 씨가 "너무 오래 기다렸죠" 했다. 내가 "네"라고 대답하자 영언 씨는 별로 기분 나빠 하지 않고 웃어넘겼다. 이래서 영언 씨가 좋았다.

"학교 선배요." 안 그래도 되는데 영언 씨가 굳이 설명했다. 어디 국문과인지 문창과인지를 나왔다고 들었던 기억이 났다. "KBS에서 일하는데 얼마 전에 메인 작가 돼서 새 프로그램 론칭했거든요."

"멋지네요."

"프로그램 홍보가 안 돼서 섭외가 힘들었다나 봐요. 기획부터 저는 좀 반대였거든요. SNS도 워낙 발달했고요. 아, 작가님은 SNS 안 하시는구나. 아무튼 그런 데다가…… 숫이 당장 이번 달 말인데 출연하기로 했던 사연자가 사전 인터뷰에 노쇼했다는 거예요. 연락도 안 받고요." 이제 영언 씨는 냅킨에 적힌 내 이름에 네모를 치고 있었다. ㄴㄱㄴㄱ, 이런 식으로. "혹시 부탁 하나만 해도 될까요?"

"네." 나는 영언 씨가 무슨 부탁을 하든 들어줄 생각이었다. 아까 통화를 엿들을 때부터 그렇게 다짐했다. 퇴사 선물이었다.

"혹시 그 프로그램 기억하세요? 오래된 건데, 그거 리메이크할 거래요."

"뭔데요?"

"〈TV는 사랑을 싣고〉요."

3

사전 인터뷰를 위해 여의도에 갔다.
아마도 음악 프로그램 방청객일 사람들이
떼 지어 별관을 나오고 있었다. 나는 인파를
헤치고 거슬러 올라가 투명 엘리베이터를
탔다. 12층에서 내렸더니 누군가 버선발, 은
아니고 삼선 슬리퍼를 신고 마중 나와 있었다.

"오느라 고생하셨어요. 영언이한테 얘기
많이 들었어요." 그녀가 명함을 건넨다.
'언니'의 이름은 고아현이었다. "제 생명의
은인이세요. 이 은혜는 평생 잊지 않을게요."

회의실에 들어갔더니 내 또래 남자
하나와 앳돼 보이는 여자 하나가 앉아 있었다.
고아현 씨의 소개에 의하면 각각 AD와 막내
작가였다. 나는 그들의 명함을 받아 고아현
씨의 명함과 함께 겉옷 주머니에 넣었다.

지갑이라도 가져올걸, 후회되었다. "죄송해요. 저는 명함이 없어서……." 그래도 준법 시민임을 어필하기 위해 배꼽인사를 했다. "저는 정지원이라고 합니다."

고아현 씨와 마찬가지로 그들도 "말씀 많이 들었어요"라고 했고, 도대체 무슨 말씀을 많이 들었을까 궁금해졌다. 그저 사회인으로서의 인사치레인지도 몰랐다. 막내 작가가 마실 걸 권했고, 차가운 커피를 달라고 했지만 그런 건 없었다. 그도 그럴 것이 여긴 카페가 아니었다. 그냥 물을 달라고 하자 막내 작가가 어디선가 330밀리리터짜리 생수를 가져왔다.

"찾고 싶은 사람이 있으시다고요?" AD가 본론으로 들어갔다. 찾고 싶은 사람이 있어달라고 그들이 부탁한 거였지만, 마치 내가 원해서 여기 온 것 같았다. 그렇다

치기로 했다.

"네. 김용호 씨……." 아차 싶어 호칭을
수정했다. "김용호 아저씨요."

막내 작가가 노트북을 열더니 자판을
가열하게 두들겼다. 내 말을 타이핑하는 것
같았다.

"어떤 관계인가요?" 고아현 씨가 물었다.

"저희 어머니의 동네 오빠인데요, 같은
초등학교에 다녔다니까—중간에 전학 가긴
했지만—아마 59년생에서 63년생 사이일
거예요. 지금은 환갑이 넘었겠네요." 거기까지
말하고 나는 가벼운 충격을 받았다. 말도 안
되지만, 나는 그가 나이를 먹지 않았으리라고
생각했던 것이다. 정확히는, 아예 그런 생각
자체를 하지 못했다. 나는 김용호를 언제나
그때 그 모습으로 떠올렸다. 내 기억 속의
김용호는 30대 후반에서 40대 초반의 키가

크고 호리호리한 남자였고, 영원히 나이
먹지 않았다. 그러나 현실의 김용호는 거의
할아버지였다. 그의 딸이 자식을 낳아서
정말로 할아버지가 됐는지도 모를 일이었다.
아니면, 늙거나 병들어서 벌써 죽었을까?
그러지는 않았을 것 같았다. 그냥 알 수
있었다. 김용호는 오래오래 살 것이다. 어쩌면
나보다 오래 살지도 몰랐다. "제가 여덟
살인가 아홉 살일 때……." 목소리가 나도
모르게 어려지는 걸 나는 들었다. "김용호
아저씨가 저희 집에 놀러 왔어요."

금강하구둑에서 가족사진을 찍은 일화를
얘기하자 다들 따뜻한 표정을 지었다.
"스윗하다." 타이핑하던 막내 작가가 조그맣게
중얼거렸다.

"네, 처음이자 마지막 가족사진이었어요."
내가 말했다. 그러자 기억은 추억이 되는

것 같았다. 김용호가 그립다는 착각마저 들
정도였다.

동조의 의미로, 고아현 씨가 프로그램의
기획 의도를 설명했다. "나는 못 주는 걸
누군가가 대가 없이 주었을 때 고마움과
그리움이 생기는 것 같아요. 예컨대 가난한
학생에게 담임선생님이 몰래 자기 도시락을
준다거나, 그런 거요. 학생이 자라서 돈을 벌
나이가 되면, 지난날 선생님한테서 받았던 걸
갚고 싶다는 생각이 들죠."

"맞아요." 급식 세대라 잘 공감은
안 갔지만, 나는 일단 맞장구쳤다.
내가 급식 신청을 안 했을 때 담임은
"다이어트하니?"라고 물었었다. "뺄 데가
어딨다고." 점심시간에 나는 에너지를
아끼려고 엎드려 잤고, 빈속에 엎드리면 자꾸
가짜 트림이 나왔다. 음식 냄새를 묻히고

돌아온 친구들은 급식 메뉴가 구리다며 잠을
택한 나를 부러워했다……. 그 시절 나는 교복
치마 주머니에 미쯔 한 봉지를 넣어 다녔다.
하루에 한 알씩 먹었다. 깨물기도 아까워
천천히 녹여 먹었다. 어느 날 하굣길에 학교
운동장을 가로지르다가 나는 잠시 모랫바닥에
누웠다. 기운이 없었다. 주머니에 손을
넣어 그날의 할당량을 초과한 미쯔를 한 알
꺼내서 혀에 얹었다. 그 조그만 과자 한 톨에
엄청나게 기운이 돌았다. 바로 지금 일어난
일처럼 생생한 기억이었다. 나는 이 일화를
소설에 썼는데, 교정을 할 때 영언 씨가 너무
거짓말 같다고 했다. "너무 소설 같아요."
그래서 나는 그 부분을 뺐다.

    "이를테면 가족사진이 지원 씨한테는
그런 거죠." 고아현 씨가 쐐기를 박듯 말했다.
"김용호 님은 사진을 찍음으로써 지원 씨한테

가족의 의미를 준 셈이에요."

"그런 것 같네요." 내가 동의했다.

금강하구둑을 구경하고 김용호 가족과
우리 가족은 집으로 돌아왔다. 부녀의
집이 서울이라 우리 집에서 하루 자고
갈 모양이었다. 그날 김용호는 왜인지
내게만—엄마와 오빠와 그의 딸은
없었다—롯데리아에서 팥빙수를 사주었다.
그날 밤 나는 배탈이 났다.

방송국 사람들에게 이 얘기는 하지
않았다. 적어도 거짓말은 하지 말자고, 오늘
마음먹고 온 터였다.

AD가 로케이션에 동행해줄 것을
요청했다. 일정이 촉박해서 불가피했다.
사전 인터뷰 바로 며칠 뒤로 날짜가 잡혔다.
AD, 카메라 감독, 오디오 감독, 조명 감독,

고아현 씨, 막내 작가, 정확히 무슨 일을
하는지 모르겠는 스태프 네 명, 그리고 내가
여의도에 집결하여 15인승 승합차를 타고
출발했다. 우리는 엄마와 김용호의 고향이자
내 고향이자 현재 아빠만 살고 있는 도시로
향했다. 엄마가 졸업한 초등학교, 외갓집이
있던 동네, 차로 30분 거리에 있는 금강하구둑
등을 들렀다. 댐에 고여 있는 강물은 넓었고
약간 황톳빛이었다. 구조물을 완벽한
거울상으로 비추었다. 물비린내가 맡아졌다.
나는 상상 속에서 댐을 개방해보았다. 엄청난
물보라가 일었고 천둥소리가 났다. 지구를
뒤덮을 만한 홍수가 일어날 수도 있을
것 같았다. 카메라 감독이 금강하구둑을
배경으로 나를 세우자, 강물은 다시 잠잠했다.
방송에 쓰일 건 아니지만 사진을 한 장
찍어주겠다고 했다. 내가 난간에 등을 대고

서자 내 왼쪽에 엄마, 오른쪽에 오빠가 다가와
섰다. 아빠는 아마도 없었지 싶었다. 어린
나는 양손으로 브이를 하고 얼핏 웃었다.
그리고 나는—늘 그랬듯—중요한 순간에
눈을 감았을 것 같았다. 하나 둘 셋, 찰칵.

주로 잡일을 도맡아 하는 촬영팀
스태프가 근처에 유명한 맛집이 있다고
했다. 방송도 여러 번 탔고 유튜버들도 많이
찾는 곳이라고 했다. 그가 동의를 구하듯
나를 보았다. '맞죠?'라고 묻는 눈이었다.
당연히 가보았으리라고 생각하는 듯했다.
처음 들어보았고 가본 적도 없는 곳이라
죄송스러워졌다. 그를 실망시키고 싶지 않아
애매하게 고개를 끄덕였다. 채식주의자인
한 명을 빼고는 모두 육회 비빔밥을 먹었고,
그럭저럭 맛은 있었는데 왜 유명한지는 알 수
없었다. 정비를 하느라 남는 시간에, 고아현

씨가 잠깐 아버지를 뵙고 와도 된다고 말했다.
괜찮다고 하는데도 거듭 권했다. 나는 고개를
저었다. 하루 묵었다 가지도 않을 생각이었다.
왔다고 연락도 안 했다. 아빠는 여전히 춥게
살고 있을 테고, 거긴 내가 고등학교 때까지
살던 집이지만 이제 내 집이 아니었다.
명절이나 경조사 때 그 집에 가면, 나는 늘
집에 가고 싶었다. "너 같으면 너희 아빠랑
살겠니." 언젠가 엄마는 자신의 가출을 그런
식으로 정당화했다.

　　김용호의 행적을 추적하기 위해 잔류하게
된 몇몇 인원을 제외하고 방송국 사람들과
나는 승합차를 타고 다시 서울로 올라왔다.
공영방송을 흥신소로 이용한 것 같아 가책이
느껴졌다. 가책은 내 오랜 습벽이었다.
그렇게까지 스스로를 괴롭힐 필요는
없었다. 이번에는 달랐으면 싶었다. 그래서

상부상조라고 생각하기로 했다. 이건 가치 있는 일이었다. 수신료의 가치, 그거였다.

운전기사가 시간이 늦었다며 비슷한 동네에 사는 사람끼리 묶어서 떨궈줬다. 막내 작가인 유림 씨와 내가 마지막으로 내렸다. 유림 씨가 카카오택시 앱을 켰다. 나는 써본 적 없는 앱이었지만 분위기를 보아하니 택시가 잘 안 잡히는 모양이었다. 블루니 블랙이니 읊조리던 유림 씨가 혼잣말로 욕지거리를 했다. 몇 차례 시도한 끝에 겨우 택시를 잡는 데 성공했다. 그제야 유림 씨는 고개를 들고 "어떻게 가세요?" 하고 물었다. 대중교통이 끊긴 시각이었다. 걸어갈 생각이었지만 유림 씨가 걱정할까 봐 나는 "가시는 거 보고 갈게요"라고 말했다. 40분만 걸으면 되었다. 다행히 유림 씨는 "아, 네" 했다.

"김용호 님이요……." 핸드폰 화면 속에서 움직이는 택시를 보던 유림 씨가 문득 말했다. "찾고 싶으신 거 맞죠?"

그런 걸 왜 묻는지 궁금했지만, 나는 "네"라고만 대답했다.

"그렇구나." 유림 씨가 말했다. "그럼 꼭 찾아드릴게요."

곧 택시가 왔고, 차에 탄 유림 씨가 창문 밖으로 손을 흔들었다. 걸음을 떼며 나도 마주 손을 흔들었다.

스튜디오 촬영 날에는 눈이 내렸다. 눈이라니, 가을이 고작 하루에 불과했던 것 같은데. 11월 마지막 주 금요일이었다. 첫눈치고는 어마어마한 폭설이었다. 창밖이 온통 하얬다. 정말 예뻤다. 눈송이는 커다랬고 솜처럼 천천히 떨어졌다. 교통 체증이니

뭐니 하는 문제와 무관히, 눈만 오면 마치
똥강아지처럼 덮어놓고 기분이 좋았기 때문에
나는 미소를 지었다. 스키를 타고 출근한
직장인 뉴스를 영언 씨가 문자로 공유했다.
'K-직장인의 위엄'이라는 코멘트를 달아서.
내 처음이자 마지막이 될 책은 인쇄에 들어간
상태였고, 영언 씨는 오늘까지만 일하면
퇴사였다. 나는 영언 씨가 보낸 문자에 좋아요
표시를 했다.

　　천천히, 오래, 공들여 씻었다. 피부가
고구마 색깔로 익었다. 머리를 말리는데
유림 씨에게서 전화가 왔다. 한 사흘 전부터
매일 오는 전화였다. 촬영일 리마인드를
위해서였다. 목소리가 약간 초조하게 들렸다.
내가 펑크 낼까 봐 걱정하는 듯했다. 나는
이따 보자고 유림 씨를 안심시켰다. 유림 씨가
칙칙한 옷과 줄무늬 옷을 입지 말라는 당부를

다시 한번 했다. 알겠다고는 했는데 옷장에
검은 옷밖에 없었다. 그래서 그냥 있는 걸
입었다.

착한 일을 하나 하자 싶어서 집 앞의 눈을
쓸었다. 눈송이가 쓸면 내려앉았고, 쓸면
내려앉았다. 나 쓸자, 가 아니라 정각끼지만
쓸자, 하고 시간을 정해두고 쓸었다. 갑자기
찾아온 추운 날씨에 대비를 못 하고 있었는지
몸이 사정없이 떨렸다. 그리고 겨울 외투가
너무 무겁게 느껴졌다. 내일 옷 몸살이
나리라는 예감이 들었다. 폭설로 평소보다
차가 막힐 것 같아 한 시간 일찍 출발했다.
스튜디오는 별관 지하였고 나는 유림 씨가
알려줬던 대로 5층의 출연자 대기실로
향했다. 문에 '정지원 님'이라고 적혀 있었다.
이름은 대빵만 한 반면 '님' 글자는 작아서
거의 보이지도 않았다. 나는 복도를 따라

늘어선 똑같은 문들을 눈에 담았다. 저 중 하나에 '김용호 님'이 있을지도 몰랐다.

대기실 한쪽 벽에 거울이 붙어 있었고 맞은편에는 소파가 놓여 있었다. 낮은 테이블에 생수 두 병과 각종 주전부리가 담긴 바구니가 놓여 있었다. 주로 소포장된 과자였는데 나는 그걸 다 까서 먹었다. 노크 소리가 들렸고 "네" 하고 대답하자 문이 열렸다. 유림 씨가 겨드랑이에 클립보드를 끼고 들어왔다. 나는 유림 씨가 시키는 대로 인적 사항과 출연료 지급을 위한 계좌번호 등을 썼다. 출연료는 8만 원이었다. 쓰는 동안 유림 씨가 촬영할 때 지켜야 하는 이런저런 수칙을 알려주었다. 들었고, 이해도 했지만 금방 까먹을 것 같았다. "옷은 따로 가져오신 거예요?" 하고 유림 씨가 주변을 둘러봤다. "입고 왔어요." 내가 대답하자 유림 씨의 표정이—문자 그대로—썩었다.
한숨을 푹 쉬더니 클립보드를 거의 뺏다시피
하고 나갔다. 잠시 후 어떤 여자가 바퀴
달린 행거를 끌고 대기실로 들어왔다. 옷이
여남은 벌 걸려 있었다. 그 옷들은 전부 너무
화사했다. 그리고 너무 커 보였다. 여자가
내게 묻지도 않고 내 얼굴 아래로 옷을
하나하나 대보았다. 그중 한 벌을 가슴팍에
안겨주며 "이거 입고 계세요" 명령한 뒤
문을 꽝 닫고 나갔다. 병아리색 트위드
투피스였다. 입고 온 옷을 벗고 있는데, 거의
나체 상태나 다름없을 때 대기실 문이 획
열렸다. 그런데도 나는 놀라지 않았고, 몸을
가리지도 않았다. 그리고 나는 그 사실이
마음에 들었다. 아까 그 여자 스태프였다.
그녀가 나를 빙그르르 돌려가며 옷의 남는
부분을 핀으로 집어주었다. 그러고는 가져온

끌차에서 박스를 내리며 "사이즈 맞는 걸로
적당히 찾아 신으세요" 하고 말했다. 박스
안에는 좋이 500켤레는 되어 보이는 구두가
뒤엉켜 있었다. 퀴퀴한 냄새가 나는 듯했다.
"스타킹도 없죠?" 그녀가 돕바 주머니에서
살색 스타킹을 꺼내 건넸고, 그건 새것이었다.
코끝이 빨개진 걸로 보아 밖에서 사 온
모양이었다. 스태프가 나간 후 나는 스타킹을
신었다. 왜 이렇게 낯선가 했는데 알고 보니
스타킹 자체를 아예 처음 신어보는 것이었다.
끝으로 나는 필사의 짝 맞추기를 통해 내 발에
맞는 메리제인 구두를 박스에서 골라냈다.

  "어머!" 고아현 씨가 대기실에
들어서자마자 외쳤다. "너무 예쁘다. 진작
이렇게 입으시지."

  그러자 나는 신부 대기실에 있다는
착각이 들었다.

소파에 앉은 내 앞에 고아현 씨가 거의 무릎을 꿇고 앉았다. 그러고는 내 한 손을 양손으로 감싸 쥐었다. 뼈마디가 굵고 건조한 손이었다. "떨리세요?"

나는 떨리는지 생각해보았다. 만약 떨린다면, 그건 추위 때문일 것 같았다. 치마를 입는 게 오랜만이기도 하거니와 기장이 너무 짧았다. 그런 데다 내 방에 비하면 이곳은 빙하기였다. "김용호 씨……." 목소리가 떨려 나와서 나는 놀랐다. "김용호 아저씨 오셨나요?"

고아현 씨가 콧잔등에 주름을 만들며 웃었다. "그건 알려드리면 안 되죠. 이따 스튜디오에서 확인하세요." 그러더니 비밀이라는 듯 속삭였다. "사실 저도 몰라요."

잠시 후 여자 두 명이 들어와서 나를 거울 앞 스툴에 앉혔다. 어느새 어깨에 가운이 둘려

있었다. 한 명은 축축한 스펀지로 얼굴을
두들겼고, 한 명은 드라이기와 롤빗으로
머리카락을 잡아당겼다. 내 고개가 이리저리
꺾였다.

"많이 보고 싶으셨나 봐요." 메이크업
담당자가 내 뺨에서 휴지를 뗐다. "이제 눈
화장할 거라, 더 우시면 안 돼요."

그녀가 손에 쥐어준 휴지를 본 후에야
나는 내가 울고 있었다는 걸 알았다.

"걱정 마세요. 나오셨을 거예요." 헤어
담당자가 나를 안심시켰다.

두 사람이 나가고 난 뒤 벽시계를
확인했다. 스탠바이까지 10분쯤 남았다. 거울
속에 선 나를 보았다. 화장이 진해서 얼굴이
너무 무섭게 보였다. 속눈썹을 붙였는지
눈꺼풀이 무겁게 느껴졌다. 옷은 재롱잔치
하는 유치원생 같았다. 마음에 들었다.

다리에 힘이 풀려 소파에 주저앉았다.
그때 테이블에 올려놓았던 핸드폰이 보였다.
나는 엄마에게 전화를 걸었다. 신호가 한
번, 두 번, 세 번 갔다. 먼저 전화를 거는 건
고등학교 때 이후로 처음이었다. 신호가
길게 이어졌다. 그럼 그렇지. 종료 버튼을
누르려던 때, 전화가 연결됐다. "응, 지원아."
수화기 너머로 우당탕탕 그릇 부딪치는
소리가 들렸다. 설거지 일을 하러 식당에 나간
모양이었다. "거기 눈 오니?"

"네." 나는 창문이 나지 않은 벽을
바라보았다. 보이지 않아도 눈은 내리고 있을
것이다.

"그래, 티브이에서 눈 많이 온다더라."

"천안에는 안 와요?"

"응."

"신기하네요."

엄마가 어디냐고 물었고, 나는 일이
있어서 잠깐 나왔다고 했다. 그러자 엄마는
"그래, 이제 일도 좀 해야지"라고 했다. 엄마는
소설가가 직업이라는 사실을 이해하지
못했다. "몸도 좀 움직이고. 요새 술 안
마시지?" 그러고는 잠시 사이를 두고 물었다.
"전화는 왜 했어?"

"그냥……." 나는 입 안쪽을 깨물었다.
"미안해하지 말라고요." 아까 서류에 인적
사항을 적으면서 깨달은 사실이 하나
있었다. 그때―김용호와 내가 처음 만났을
때―엄마는 지금 내 나이였다! 세상에나.
서울에 살던 시절 아빠는 언젠가부터 회사를
안 나갔고 집에서 잠만 잤다. 영문을 알 수
없었던 엄마가 왜 출근을 안 하느냐고 흔들어
깨웠지만 아빠는 묵묵부답이었다. 그렇게
아빠는 내리 반년을 잤다. 우량아였던 오빠는

돌인데도 10킬로그램이 넘었고 내려놓기만
하면 울었다. 엄마는 오빠를 하루 스물네 시간
들고 달랬다. 낙향한 후에는 이제 세상에 나도
있었다. 전보다 성격이 드세진 엄마는 내가
울면 아빠에게 애 좀 보라고 소리쳤다. 귀가
먼 사람처럼 잠만 자던 아빠가 어느 날 엄마의
닦달에 일어나 나를 안아 들었다. 그리고
바닥에 내동댕이쳤다.

다행히 나는 죽지 않았고 무럭무럭 자라
여덟 살이 되었다. 그렇게 김용호를 만났다.
그때 엄마는 지금 내 나이였다. 어쨌거나 나는
지금의 나를 용서하고 싶어서, 그때의 엄마를
용서했다. 김용호와 나를 둘만 남겨두었던
엄마를 용서했다. "미안해 안 해도 된다고요."
내가 엄마에게 말했다.

그러자 엄마가 물었다. "뭐가 미안해?"
그런 다음 손님이 왔다며 전화가 끊겼다.

문틈으로 유림 씨가 고개를 빼꼼 내밀었다. "스탠바이할게요."

나는 고개를 끄덕이고 소파에서 일어났다. 옷매무새를 정돈하고, 숨을 크게 한번 들이마셨다가 내쉬었다. 아무래도 책 제목을 바꾸길 잘했다는 생각이 들었다. 나는 대기실 문을 열어젖혔다. 그리고 끝없이 이어진 복도로 걸어 나갔다.

1

이름들.

정지원. 화자의 이름을 무엇으로 할까
생각하던 중 〈피아노의 좋은 시절〉이라는
강연을 들었다. 김호정 음악 전문 기자가 곡을
해설하면, 초청된 피아니스트가 연주하는
식이었다. 매주 다른 피아니스트가 왔는데
그중 한 사람이 정지원 피아니스트였다.

기자님이 정지원 피아니스트, 정지원 피아니스트, 하고 그를 호명할 때마다 나를 부르는 줄 알고 놀랐다.

고아현. '과연'을 길게 늘였다. 과연, 고아연, 고아현. 소설에 쓰지는 않았지만 AD의 이름은 '이여욱'이다. 이여욱 씨, 여욱 씨, 역씨, 역시. 아무래도 '과연'과 '역시'는 한쌍인 것 같다. '아윤'과 '하윤'은 마땅한 인물이 없어 못 썼다. 아닙니다, 아입니더, 아이니도, 아윤이도, 하윤이도. 나중에 꼭 써야겠다. 아윤이도, 하윤이도.

김용호. 편집부와 미팅할 때만 해도 《임윤찬》을 쓰기로 했었다. 책이 나오면 그에게 보내자고 다 같이 원대한 계획을 세웠다. 그런데 왜인지 메모장에 임윤찬

대신 김용호를 적어놓게 되었다. 김용호. 그
세 글자만 노려보곤 하였다. 이 소설에는
김용호라는 이름이 총 72번 나온다(제목 제외).
이 정도면 들렸어야 한다.

2

　출판사를 흥신소로 이용한 것 같아
죄송한 마음이다. 책을 내준 위즈덤하우스에
감사드린다.
　처음 연락을 주신 김해지 편집자님, 출간
과정에 도움을 주신 김다인 편집자님께
감사드린다. 뵌 적은 없지만 박태근
본부장님께도 감사하다고 전하고 싶다.
라디오 잘 들었어요.
　김용호 씨에게 감사한다. 정말로, 정말로,
감사하고 있다. 영원히 내 이름 옆에 계시길

바란다.

　이 책을 사주시고 읽어주신 독자께 마음 깊이 감사드린다.

2025년 3월

장진영

장진영 작가 인터뷰

Q. 《김용호》는 "길에서 지갑을 주운 한 선량한 남자가 "아줌마! 아줌마!" 하고 외칠 때 고개를 돌리는"(31쪽) 나이가 된 '나'가 어린 시절의 '나'를 마주하는 이야기입니다. 또 다른 장편소설 《치치새가 사는 숲》 역시 열네 살의 '나'를 현재의 내가 돌아보는 내용이고요.

사람은 나이를 먹을수록 어린 시절을 되짚으며 살아가게 되는 것 같아요. 현재의 내가 과거의 나에게 얽매어 오도 가도 못하는 것만 같을 때는 더더욱. 어느 날엔 미련, 후회, 상처를 바라보며 주저앉아 펑펑 울게 되기도 합니다.

소설 속 인물들은 트라우마인 어린 시절을 들여다보며 한구석에 옹송그리고 있던 작은 '나'를 알아차리기 위해 어려운 한 걸음을 떼어요. 그리고 《김용호》의 '나'가 빛이 밝혀진 복도를 걸어 나가듯, 그 한 걸음이 곧 또 다른 시작이라고 말해줍니다.
작가님에게 '어린 시절'이라는 소재는 어떤
의미를 갖나요? 오늘을 살아내기 위해 과거를
돌아보는 것은 얼마나 중요한 일일까요?

　　A. 누가 어린 시절 얘기를 하면
맞장구치는 척하면서 멍때리게 되어요. 뭔가
다 비슷비슷하고 재미없어서요. 그게 '어린
시절'의 비극인 것 같아요. 별일 아닌 것도
당시에는, 당사자에게는, 되게 큰일이라는
것이요. 마찬가지로 저 역시도, 상대가 그렇게
생각하리라는 걸 알면서도 어린 시절 얘기를
하게 되어요. 재미도 없는 얘기를 끝없이 하게
되어요. 제 목소리를 제가 들으면서 지루해
하품하고, 하품하니까 눈물 나오고 그래요.
그다지 건설적인 행위는 아니겠지요. 아무런
의미도 없을 테고요. 그렇다고 '옛날 생각은

하지 말자'라는 생각을 열심히 하는 것도
조금 이상해서 그냥 두어요. 의미 있으려고
산다기보다는 그냥 사는 거 아닌가 싶어서요.
말인즉 과거를 돌아보는 것은 하나도 중요한
일이 아니지만, 사람이 중요한 일만 하며
살 수는 없으니까 돌아보기노 하고 그런
것 같아요. 다만 제 경우엔, 저는 작가니까,
누군가에게 시간적 금전적 손해를 입힐 수도
있는 입장이라는 걸 염두에 두고, 넋두리가
되지 않도록 경계해야 하는 것 같아요. 잘
되었는지는 모르겠지만요.

Q. 어려서부터 엄마와의 유대를 형성하지 못한 '나'는 나이 마흔이 되어서야 애인들로부터 "지원 씨, 혹시 마마걸이에요?"라는 소리를 듣게 됩니다. 중간에 있던 어떤 단계를 통째로 건너뛴 것처럼 발전한 둘의 관계는 어딘지 묘한 구석이 있고, 실제로 '나'는 마마걸이란 말을 들었을 때 "어찌나 놀랐는지—기뻤는지—모른다. 엄마의 존재는 중독적이었고 유해했다. 나는 엄마를 놓지 못했다"(15쪽)라고 밝히죠.

이 역시 요즘 들어 더 자주 생각하는 주제인데요. 모녀 관계의 스펙트럼은 상상 이상으로 넓은 것 같아요. 자식을 위해 사는 엄마와 그런 엄마를 애틋해하는 딸은 그 스펙트럼의 작은 일부에 불과하죠. 그럼에도, 언급한 것처럼 아줌마가 되고 '마마걸' 소리를

듣는 딸과 나이 많은 딸의 삶에 지나치게
간섭하는 엄마의 관계를 '중독'이라고
표현하는 부분은 독특하고 낯설게
느껴졌습니다. 이러한 관계를 설정하며
주의를 기울였던 부분이 있다면 무엇일까요?

A. 어쩌면 이 소설의 빌런이 '나'일지도
모르겠다는 합리적 의심이 들어요. 딸의
삶에 간섭하는 엄마는 지극히 정상 범위에
있지만, 그런 엄마를 바라보는 딸의 시선은
제가 생각하기에도 좀 왜곡된 것 같아서요.
소설을 쓸 당시에는 인물들 간의 관계에서
혹시라도 '나'가 너무 희생양이나 피해자처럼
비치지는 않을까 걱정했어요. 그래서 '나'를
얼마간 불안정한 사람으로 그린 측면도 있는
것 같아요. 어떠한 객관적 사실과는 무관히
그것을 매우 증폭하여 받아들이고 표현하는

사람으로요. '엄마'가 어떤 사람인지보다 '엄마'가 어떤 사람이라고 '나'가 어떻게 느끼는지가 더 중요했던 것 같아요. 아무튼 '나'는 서술자로서 일방적 주장을 펼칠 수 있기에 '엄마'라는 인물보다 비교적 유리한 위치를 점한 것뿐이라고 생각해요. '나'는 죽을 때까지 '나'로만 살 수 있으니까, 그 부분은 어쩔 수 없는 것 같아요. '엄마'가 자기 자신으로밖에 못 사는 것처럼요.

장진영 작가 인터뷰

Q. 끝내 딸의 입장은 염두에 두지 않는 이기적인 '엄마'와 그런 상황에서 실망과 안도의 양가적 마음을 갖는 '나'가 등장합니다. 사실 '변화'라는 건 상당한 불안을 동반하고 그 불안을 마주하는 것엔 또 큰 용기가 필요한 일이라, 바깥의 문제로 변화가 무산되었을 때 안도하게 되는 건 자연한 마음인 듯해요. 같은 맥락에서 "어쩌면 나는 슬프다기보다는 심심해서, 그저 시간을 죽이려고 슬퍼하는 것 같았다"거나 "우울이 취미화될 조짐이 보였다"(26쪽)와 같이 쉽게 정의할 수 없는 마이너한 감정을 절묘하게 짚어내는 문장들도 감동적이었고요. 실제로 감정을 다룰 때도 시니컬해지는 편이신가요? 여러 감정 중 천착하는 것이 있다면 무엇일까요?

A. 저로서는 엄청 질척질척하고

구질구질하게 썼다고 생각했어요. 수줍음이나 창피함이나 부끄러움 없이 흉한 감정을 모조리 꺼내놓고 그 안에서 추잡하게 뒹굴자고, 쓰기 전부터 다짐했거든요. 보통은 정서와 문체의 건조함이 미덕으로 여겨지곤 하기 때문에 반대로 아주 습하게 써야겠다고 생각했어요. 다만 소설은 기본적으로 사후적인 장르니까, 즉 일어난 일과 서술 시점 사이에 시간이 1초라도 존재할 수밖에 없으니까, 거기서 감정과의 거리가 생기기는 하는 것 같아요. 어쨌거나 슬프면 슬프다, 기쁘면 기쁘다, 그렇게 쓰려고 노력했어요. 그렇게 쓰면 안 되는 줄 알았는데, 그렇게 써도 되는 거였더라고요. 눈물을 한 바가지 흘린 다음 그 눈물을 손가락으로 찍어서 벽에다가 '슬픔슬픔' 혹은 '기쁨기쁨'이라고 치덕치덕 바르고 싶었어요. 진실되려고

할수록 도리어 진실에서 멀어지기도 한다는 것은, 슬픈 일인 것 같아요. '슬픔슬픔.'

Q. 주인공이 트라우마를 대하는 방식도 독특했습니다. 처음에는 '고소'라는 형식적이고 강경한 대응을 고려했다면, 이후에는 전혀 예상하지 못한 방향, 〈TV는 사랑을 싣고〉를 통한 수색으로 흘러가게 되어요. 좋은 기억을 가진 사람을 찾기 위한 프로그램에서 증오의 대상을 찾는다는 사고의 전환이 참신했습니다. '방송'이라는 매체가 들어가게 된 계기가 있을까요? 또한 "거짓말엔 이제 지쳤다"(7쪽)라고 말할 수 있게 된 '나'의 몸짓에 큰 응원을 보내보았어요. 거짓말 없는 순간마다 '나'는 조금 더 자유롭고 편안해했을까요?

A. 고백건대 80매 내외의 단편은 많이 써보았지만 《김용호》는 100~200매로 써야 해서 다소 부담이 있었어요. 단편보단

조금 길어야 했고 장편보단 많이 짧아야
했어요. 즉 '긴 단편'이 되어야 했어요. 원래
같았으면 화자가 막다른 골목에 다다르고
포기하는 걸로 끝났을 텐데, 주어진 분량
덕에 뒤를 더 생각하게 되었어요. 그렇게
찾은 돌파구였던 것 같아요. 작품 외적으로도
그렇고, 인물에게 심적 돌파구가 필요하기도
했어요. 공소시효가 지나서 신고할 수도 없고,
사적으로 복수할 수도 없고, 전화번호도
없고, 어디 사는지도 모르고, 이름 석 자
말고는 아무것도 모르는, 한마디로 '노답'인
상황에서 그 사람을 찾을 수 있는 방법이 방송
말고는 떠오르지 않았어요. 지푸라기라도
잡는 심정, 그거였어요. 다행인 건 이게 소설,
즉 허구라는 거예요. 그 안에서 '나'는 애써
거짓말을 하지 않아도 되었어요. 결국 그
기억들은 다 거짓말이 될 거였으니까요.

Q. 만약 〈TV는 사랑을 싣고〉가 리메이크된다면 찾고 싶은 사람이나 만나고픈 사람이 있으신가요?

A. 김용호요.

한 조각의 문학, 위픽 (wefic)

연여름　《2학기 한정 도서부》
서미애　《나의 여자 친구》
김원영　《우리의 클라이밍》
정지돈　《현대적이라고 말할 수 없는 죽음들》
이서수　《첫사랑이 언니에게 남긴 것》
이경희　《매듭 정리》
송경아　《무지개나래 반려동물 납골당》
현호정　《삼색도》
김　현　《고유한 형태》
이민진　《무칭》
김이환　《더 나은 인간》
안　담　《소녀는 따로 자란다》
조현아　《밥줄광대놀음》
김효인　《새로고침》
전혜진　《고르디우스의 매듭을 자르면》
김청귤　《제습기 다이어트》
최의택　《논터널링》
김유담　《스페이스 M》
전삼혜　《나름에게 가는 길》
최진영　《오로라》
이혁진　《단단하고 녹슬지 않는》
강화길　《영희와 제임스》
이문영　《루카스》
현찬양　《인현왕후의 회빙환을 위하여》
차현지　《다다른 날들》
김성중　《두더지 인간》
김서해　《라비우와 링과》
임선우　《0000》
듀　나　《바리》
한유리　《불멸의 인절미》
한정현　《사랑과 연합 0장》
위수정　《칠면조가 숨어 있어》
천희란　《작가의 말》
정보라　《창문》
이주란　《그때는》
김보영　《헤픈 것이다》
이주혜　《중국 앵무새가 있는 방》

정대건 《부오니시모, 나폴리》
김희재 《화성과 창의의 시도》
단 요 《담장 너머 버베나》
문보영 《어떤 새의 이름을 아는 슬픈 너》
박서련 《몸몸》
금정연 《모두 일요일이야》
박이강 《잡 인터뷰》
김나현 《예감의 우주》
김화진 《개구리가 되고 싶어》
권김현영 《수신인도 발신인도 아닌 씨씨》
배명은 《계화의 여름》
이두온 《돈 안 쓰면 죽는 병》
김지연 《새해 연습》
조우리 《사서 고생》
예소연 《소란한 속삭임》
이장욱 《초인의 세계》
성해나 《우리가 열 번을 나고 죽을 때》
장진영 《김용호》
이연숙 《아빠 소설》

위픽은 위즈덤하우스의 단편소설 시리즈입니다.
'단 한 편의 이야기'를 깊게 호흡하는
특별한 경험을 선사합니다.

이 작은 조각이 당신의 세계를 넓혀줄
새로운 한 조각이 되기를.
작은 조각 하나하나가 모여
당신의 이야기가 되기를.

당신의 가슴에 깊이 새겨질
한 조각의 문학, 위픽

위픽 뉴스레터 구독하기
인스타그램 @wefic_book

- 84

김용호

초판 1쇄 인쇄 2025년 2월 28일
초판 1쇄 발행 2025년 3월 19일

지은이 장진영
펴낸이 최순영

출판2 본부장 박태근
스토리 팀장 김소연
편집 곽선희 김다인 김해지
디자인 김준영 이세호

펴낸곳 ㈜위즈덤하우스   **출판등록** 2000년 5월 23일 제13-1071호
주소 서울특별시 마포구 양화로 19 합정오피스빌딩 17층
전화 02) 2179-5600   **홈페이지** www.wisdomhouse.co.kr

ⓒ 장진영, 2025

ISBN 979-11-7171-734-7 04810
        979-11-6812-700-5 (세트)

값 13,000원